딱딱해지는 살

시와소금 시인선 · 082

딱딱해지는 살

윤용선 시집

시와소금

- 1943년 강원 춘천 출생
- 1973년 강원일보 신춘문예에 시 「산란기」로 등단
- 1989년 《심상》 신인상 수상으로 본격 작품활동
- 시집으로 〈가을 박물관에 갇히다〉〈꼭 한 번은 겨자씨를 만나야
  할 것 같다〉〈사람이 그리울 때가 있다〉 등
- 강원 국제비엔날레 이사, 문화커뮤니티 〈금토〉 이사장 역임.
- 현재 표현시동인회, 심상시인회, 수향시낭송회, 춘천문인협회 회원,
  강원문인협회 자문위원
- 전자주소 4you1009@hanmail.net

오늘이 가장 아름답다.
그걸 모르고
먼 길을 돌아 돌아왔다.

한동안 병상 옆을 지키며
이 시집이 묶이기까지
나의 눈과 손이 되어 준
나의 집사람에게
영혼의 흔적이 담긴
이 부족한 시집을
꽃반지 대신 들려준다.

오늘이 가장 행복했으면
정말 그랬으면
더없이 기쁘겠다.

2018년 가을
윤용선

| 차례 |

| 시인의 말 |

제1부 추억의 마젠타색

제2부 외로움을 위한 변명

제3부 옹이 또는 상처

제4부 스케치

제5부 스무숲에 살다

발문 | 박민수

꽃

깊은 산 바위틈에
작은 꽃이 피었습니다
온산이 다 살아났습니다
하늘이 다 환해졌습니다

이제 꽃은
누가 찾아와 주지 않아도
굳이 뭐라고 하지 않아도
그대로 꽃입니다
생명의 빛입니다

흐린 날

어디쯤 날고 있을까?
종달새는
휘적대는 날갯짓 하나
보이지 않는다
촘촘한 억새 숲
어디쯤 숨어 있는지
종알거리는 소리 하나
들리지 않는다
오늘은 저만큼 내려앉은 하늘
밋밋한 허리가 시리고
깊은 적막이
그리움으로 쌓인다
이따금
보이지 않는 바람이
괜히 술렁거리며
지나가고

추억의 마젠타색

하늘 속에
푸른 산이 거꾸로 서 있다
꽤나 비싼
바람이 한 줄기 흔적 없이 지나가고
가늘은 기억이 선의 궤적으로 남는다
그리고 아주 잠깐
아득한 시간의 난간 끝으로
위태롭게 걸터앉은 영혼의 긴 그림자
또는 추억의 마젠타색
낡은 오후의 느린 햇살처럼
조금은 적막하고
조금은 외로운
세상의 모든 길 위에
오늘도 여전히
푸른 산이 거꾸로 서 있다

냉혹한 시간의 푸석한 하루

잠 덜 깬
몽유의 흐린 바다
저쪽에서 거품꽃이 몽글거리다가
하나씩 꺼지고 있다
그 사이에
조심스럽게 어둠을 밀어내며
새벽이 오는 것처럼
아무리 버티려 해도
시간은 한 치 어김없이
냉혹하게 정확하고
세상은
어스름 속에 꼼짝 않고 있는데
나 혼자 빈속에 물을 켜며
깔깔하다
어쩌면 오늘도
나의 하루는 지난 하루처럼
그저 푸석하거나 밍밍할 것인지
어쩔 것인지

고흐의 해진 구두처럼

아무도 벗어날 수 없는
시간의 촘촘한 굴레에 갇혀
누군가 또 고독하게 삭고 있나 보다
고흐의 해진 구두처럼
노동의 고단한 흔적으로 삭아서
하얗게 내려앉고 있나 보다
서로 손에 손을 잡고 버티지만
여전히 세상은
어수선한 채 만만찮고
투망에 걸린 물고기처럼
파닥이는 마음만 급하고
어느새 더부룩 자란 수염처럼
시간은 아주 은밀하게 흘러서
고단한 흔적만 남는다
고흐의 해진 구두처럼

루치오 폰타나를 읽다

그는
아무것도 아닌 것 같은 일들이
우리 사는 세상 주변을
얼마나 아름답게 만들 수 있는지
새삼 주목해 달라고
거듭 주문한다

그러나 우리는
단 한 번뿐인 탄생으로
세상의 어떤 생명도 고귀하고
단 한 번의 운명만으로도
사랑은 영원하단 것을
이미 잘 알고 있다

발원 사리구 發願舍利具

깜깜한 세상엔
깜
하
여
간절한 게 있고
절
하
여
미치는 게 있다
미쳐서, 미쳐서
그제야 피는 꽃
그 꽃은
어제나 오늘이나
어쩜
그리 똑같은지
그예
타는 갈증 하나까지
똑 닮았는지

나른한 섬으로

성글게 꿰맨
손가락 상처를 비집고
새살이 얼굴을 내민다
말가니 이쁘다
그런데
이쁜 게 그냥 이쁜 거냐며
세상 공것은 없는 법이라고
며칠째 달망거리는 통증이
엇박을 놓듯 화끈거린다
그 통에
닻을 내린 먼 바다
손을 놓고 있는 꽃잎 하나
나른한 섬으로 떠 있다
오롯이 혼자 떠 있다

뭉크의 마돈나 또는 마지막 사랑

단발의 그녀는
타우포 호수 작은 섬에 간단히 갇히고
그때까지 홀로였다
밤마다 밤마다
무섭게 쏟아져 내리는 하늘의 별빛을
그 작은 가슴으로 모두 다 받아 안으며
여전히 홀로였다

병원 응급실 문밖에서
어느 누군가
먹다 만 소주 반병을 들고
취한 채 서성거려 주기만 했어도
죽도록 행복했을 그녀는
끝끝내 홀로였다
세상 누구나 다 그랬던 것처럼

이른 새벽

아직 하얀 소음이 잠들어 있을 때
이윽고 사물들이
하나, 둘 눈을 뜨기 시작할 무렵
긴 복도 끝에서
이 세상 가장 작은 울음소리가 일어나
조그맣게 웅크리고 걸어 나온다
많이 아팠던 누가
그간의 무거운 짐을 벗고 훌훌 벗어 던지고
또 다른 세상으로 여행을 떠나나 보다
이 이른 새벽
아무도 모르게 혼자서

쿠로스

그렇게 볼품없이 서 있기도 참 힘들겠다
5월에는 우쭐우쭐 서 있는 층층나무
마른 가지 끝에서도 물이 오르는데
아무리 세상 보는 눈이 얕더라도
젊음이란
있는 힘껏 돌팔매질이라도 해 보고
기다려야 하는 것 아닌가?
급해도 바늘허리 매어 못 쓴다지만
그렇다고 멍하니 서 있는 일이
더 멀리 내다보려는 일은 아닐 테고
하고한 날
그렇게 밍그적거리는 까닭이 무언지
똑 부러지게 읽히지 않는다
크로스, 네게서는

그러고 보니 가을은

모두 훌쩍 떠나고
적막한 시간이
혼자 남아 빈집을 지키는데
다 마른 풀밭을
바람이 설렁설렁 비질하다가
무료했는지 묻는다
요즘 뭐 하세요, 어떠세요
그냥저냥 그런가요?
저 혼자 살랑살랑 거리다가
뭐라고 하기도 전에
휑하니 내뺀다
그러고 보니 가을은
모두 떠나보내고 텅 빈
곳간 같다
다 영근 풀씨마저
허공으로 흩날리는 걸 보니

멍한 한낮

줄기차게 쏟아지는 햇살
가닥가닥 헤집다가
새들은
그새 싫증이 났는지
모두 어디론가 날아가 버리고
얕은 담장 밑에서
까치발을 하고 키재기를 하던
난쟁이 꽃들도
따라서 무료해졌는지
환한 한낮을 베고 깜빡 잠들었다
그렇게 한동안
세상은 바람 한 점 없이
고요하고 멍하다

고요, 또 하나의 겨울 벌판

마지막 작은 새 한 마리
막막하니 허공을 날다가, 날다가
아득히 사라지고
벌판은 손끝 하나 까딱할 수 없는
고요, 그 깊은 침묵의 바닥으로 내려앉는다
버석이던 마른 풀대들이
꼿꼿하게 서서
언제쯤 폭설이 오려나 숨죽이고 기다리는데
끝내 속을 드러내지 않는 하늘은
그저 무심하다
어스름을 동반하고 시시각각 밀어닥치는
한파에 갇혀서 흐리게 눈을 뜨는
더 먼 불빛 몇 점
건드리면 곧 쨍하고 깨질 것 같은
팽팽한 고요를 견디는데
잔인한 시각은 차갑게 살아 혼자 째깍인다

아름답고 이쁜 것의 변증법

온천지에 피어있을 크고 작은 꽃들이
모두 그대로 아름다운 것처럼
하루하루 꼬무락거리느라 정신 하나 없는
살아있는 모든 것들이 이쁜 것처럼
그게 모두 다 누구의 뜻인지는 모르지만
저 푸른 하늘과 맑은 바람과 물방울들이
끊임없이 뒤채이고 흔들리다가도
새록새록 피어나는 꽃들과 꼬무락거리는 숨결
그 가까이서, 아니 그 한가운데서
한시도 놓지 않고 맴도는 것은
더 꼭 쥐고 함께 가는 것은
기왕에 피어난 꽃들이 아름다운 것보다
살아서 뜨겁게 일어서는 어떤 숨결보다
더 질기게 아름답고
무지 끔찍하게 이쁜 때문이다

어떤 우주론

나는 가끔
누구처럼 날개를 달고 싶다
날개를 달고
끝없는 어딘가로 가고 싶다
아무도 없는 고요의
더 깊은 늪 위로 닿고 싶다
그곳에서 나는
끝내 혼자라는 사실과
세상은 아주 모호하고 불안하다는
끔찍한 일들을 만날 테지만
누구처럼 날개를 달겠다는 건
허망하기 때문이 아니다
끝이 보이지 않는 저 우주로의
영원을 사랑하기 때문이다

제 **2** 부
외로움을 위한 변명

별

구태여 생각하지 않고도
나는
지금 숨을 쉬고 있다
두 눈을 깜빡거리고 있다
아주 명료하다
하늘의 별처럼 나는
살아있다
살아있는 것이 무엇인가를
생각할 필요도 없이
나는 숨을 쉬고
두 눈을 깜빡거리며
하늘의 별처럼 살아있다
아주 명료하다

마른 우레

잘 들리지 않는다
무슨 낌새도 없이
어쩌다 그르렁거리는 소리가
하늘은 너무 높고, 또 멀어서
잘 보이지 않는다
거친 물살을 거슬러 오르는
저 무서운 고기떼들
숨찬 생애의 순간, 순간을
유리컵에 담아놓고
투명하게 지켜보는데,
오랜 슬픔과 아픔 곰삭아서
다시 깨끗한 물방울로 솟아나길
기다리고, 기다리는데
지은 죄가 워낙 많아 그런지
무거워서 그런지
간간 하늘을 구르는 우레가
마음의 눈에, 귀에
잘 보이지도 않는다

무슨 병인지 · 2

자유가 누리는 이들의 용기인 걸
또 음악이 무구한 그 자체인 걸
몰라서 이러는 게 아닌데
더 나아가
자유가 또 다른 구속이란 것도
음악이 때로는 수단이란 것도
짚어 볼 수 없어 이러는 게 아닌데
괜히 쓸쓸하고 허허하다
어제나 오늘이나 세상은
거기서 거기, 그렇고 그런데
어쩌자고 텅 빈 집처럼
빈속의 허기처럼
혼자 막막하기나 하고
그저 감감하기나 하고
이게 무슨 병인지
대체 무슨 병인지

산다는 것이

이만큼이나 살아온 날들이
하나 지루하지 않다니
그리고
또 이만큼이나 살아보고도
아는 게 하나 없다니
그저 먹먹하다
산다는 것이
쉴 새 없이 지지고 볶고
구기며 찢고
바지락대다가
허둥거리다가
정작은 다 늦게서야
쬐끔 뒤돌아보게 되는
이 산다는 것이
어떤 누구의 의지인지 모르지만
무슨 의미인지도 모르지만
그 자체로 고맙고
또 퍽이나 난감하다

잔혹하다

하필이면
좁디좁은 바위틈에 뿌릴 내렸다가
한 생을 마감한 저 풀꽃은
똑 돌아가신 어머니 모습 같다
환하던 꽃잎은 금방 지고
여린 잎 다 말라비틀어지도록
단지 작은 씨 한 톨 가슴에 꼭 품고서는
어떻단 내색 한번 없이 꼼짝 않는 것이
끝끝내 지키고 있는 것이
어쩜 그리도 닮은 걸까?
지난밤 꿈에
한세상 사는 게 다 그런 거다
한마디 툭 던지시던 어머닐 보았는데
어쩌자고 오늘은 또 마른 풀꽃 앞에서
어머니를 빌미로 헤매고 있는지
삭이다가 삭이다 어쩌지 못한
그리움의 한끝에 매달려 징징거리는지
미련한 내가 먹먹하다 못해 잔혹하다

힘든, 그러나 포기할 수 없는

이미 세상은
있는 것, 없는 것 다 까발려져서
둥둥 떠다니는 때 같이 되었으니
더는 뭐랄 수 있는 게 별로 없다
복잡한 거리 한복판에서
누가 쓸데없이 질퍽거린다 해도
눈을 흘길 일도 아니다
괜히 '요즘 것들이란' 하며
혀를 끌끌 찰 일은 더욱 아니다
그럴 수록에 그저 버려둘 수 없는
어떤 까닭이 하나 있다면
그것은 바로
내 안으로 눈 똑바로 뜨는 일뿐이다
아무리 하찮고, 아무도 관심 않더라도
내 안에서 만은 엄격하고
또 엄정하게 들이대는 일이다
이것이 힘든 그러나 결코 포기할 수 없는
세상 사랑하는 길의 시작이기 때문이다

어쩐다지

이제 어쩐다지
꼭꼭 감춰 두었던 부끄러움
그 속내까지 다 들켜 버렸으니
숙맥도 그런 숙맥이 없어서
좋아하며 좋아한다는 말
한마디 못 하고
가슴에 옹이만 박았으니
이제 어쩐다지
게다가 하늘은 잔뜩 흐려서
무엇 하나 환히 보이질 않으니
꼭 마지막인 것처럼
그저 기다리기나 기다려야 하는 걸까?
내다 버릴 헌 구두 짝이라면
신기료장수 다시 볼 일도 없었겠지만
예서 서성거리며 더듬게 되는
지우고 싶은 시간의 질긴 얼룩들
이제 또 어쩐다지, 어쩐다지

일상의 덫

절박하지도 그렇다고
마냥 느스러지지도 않은 일에
하릴없이 구겨지고 있을 때
구겨진 채 누굴 바라보는 것은
좀 그렇다
내가 구겨진 민낯이니까
너도 맨얼굴이 되라고 할 수도 없고,
그렇다고 두 눈 꼭 감으랄 수도 없으니까
애초부터 그런 덫에는 걸리지 말아야 한다
허나 세상이 그리 만만하기만 한가
나른한 봄날
사방 흩날리는 꽃가루가 코를 간질이는 것처럼
누구도 어찌지 못하는 민감한 사연들이
여기저기서 풀풀풀 터지게 마련이고
그때마다 코밑이 다 헐도록 코를 풀어대다가
끝내 매대기질 치는 일이
어쩌면 세상에 널리고 널린
일상의 덫 아닐까?

노자를 읽다

내가 처음 싸르트르에게 푹 빠졌을 무렵
해맑은 갈증으로 뜨겁게 들끓던
욕망의 허기 같은 거
도무지 어정쩡하게는 지나치지 못하던
분방한 오기 같은 거
그 모두 젊음으로 치부했는데
이제 돌이킬 수 없는 세월의
저기, 저쪽에
짠한 물빛으로 번지는 것들이
잘 쥐어지지 않는 것들이
새삼 꿈만 같은데
어쩌자고 다 늦게 노자를 펴들고 읽는다
더러더러 살아온 길에 견주며 고갤 끄덕이지만
더 많이는 아직도 살얼음 위를 걷는 것 같아
한 자, 한 자 짚어가며 하루를 헤아리기도 하고
한 줄, 한 줄을 새겨가며 질퍽한 세상
가만히 들여다보기도 하고

내리 하는 말

해진 양말을 깁고 계시던 할머니가
침침하니 잘 안 뵌다
바늘에 실 좀 꿰거라 하시면
그때마다 철부지 나는
왜 침침한 거야, 왜 안 보이는데 하며
꼭꼭 토를 달곤 했다
그러면 할머니는
이 할미만큼 살아보면 알게 된단다
고 녀석도 참, 하시며 혀를 차셨다
하루는 손거울을 들고 장난치는 손자 녀석에게
거기 뭐가 보이길래 낄낄거리느냐니까
이번에는 손자 녀석이
할아버지, 아무것도 안 보여? 정말? 하며
한참 한심하다는 투로 빤히 쳐다본다
눈에 보인다고 그게 다가 아니란다
이 할애비만큼 살아보면 알게 된단다
할머니가 내게 하셨듯 내리 말해 주는데
녀석도 언젠간 이말 알아차리고 내리 할까?

외로움을 위한 변명

외롭지 않은 무엇이 있을까요?
풀도, 나무도, 바람도 그렇습니다
그래서 나는
그냥 그대로 가는 길을 갑니다
어디서 헤맬 때라도
누가 신경을 긁더라도
기웃거리거나 흔들리지 않으려고
처음 그대로 쭉 가는 겁니다
시간이 가로수 잎을 흔들며 지나가듯
스치는 그리움 같은 거 하나
질기게 물어뜯으며 곰곰 생각해 보지만
외로움만큼 맑고 뜨거운 사랑도 없습니다
용서되지 않는 욕망이나 나른한 권태
그 부끄러움의 바닥까지 훑다 보면
아무것도 아닌 게 하나 없습니다
어쩌면 세상은
미처 겪지 못해서 모르는 것 투성이인 채로
아름답고, 또 영원한지도 모릅니다

노각에 관하여

참으로 뜨거웠던 한 시절
눈먼 사랑에도 빛나던 영혼이나
파릇하니 풋풋하게 풍기던 향기는
어느새 지워지고
이제 노각은 어쩌다 한 번
단지 늙은 오이를 이르는 허울뿐
누렇게 변한 껍데기의 결기로 하루하루 버틴다
많이 얼얼하고 급한 세상에
밍밍한 살 속 깊이 박힌
보이지 않는 마음까지 헤아리라면
누군들 황당하지 않겠나만
달큰하거나 아삭하니 시원하지 않다는
그 입맛 하나로 주저 없이 내치고
무심하게 버리는 작태가 그저 서러운 것이다
오늘따라 속까지 떨리는 것이다
가장 중한 대를 이을 씨를 버리고 있는
멀쩡한 세상에서
멀건 살뿐인, 껍질뿐인 노각은

저 무심한 봄날

그 환하던 꽃들이
한순간 무더기 무더기로 지더니
꽃 진 자리가 안쓰러웠는지
맑은 햇살이 하늘에서 내려와
대신 찰랑거린다
그 통에 근지러운 가지들이
뽀얀 연둣빛
앙증맞은 손을 쏘옥 내밀고
땅속 깊은 곳의 뿌리들은
달착지근한 수액을 밀어 올린다
그리하여 세상은
다시 한번 일어서는 바다
해묵은 것들을 헹구며
풋풋한 생명으로 거듭난다
꿈꾸는 시간 위에서
어느새 가르랑거리며 코를 곤다
그 환하던 꽃들이 지고 난
저 무심한 봄날

꽃반지 끼고서

문득문득 생각 날 때마다
울컥하고 목이 메는 게 있다면
아직도 짠하게 저려오는 게 있다면
그것으로 오늘 하루는 접고, 모두 다 접고
오직 혼자 나설 일이다
저 들녘 어디쯤 헤매다가, 헤매다가
낯선 기억의 바람이라도 만나면
그때 시간의 실타래 풀어가며
여태도 모르겠는 슬픔의 근원을 찾아
이번에는 더 멀리, 더 뜨겁게 떠날 일이다
더는 주저 말고, 머뭇거리지 말고
후회 없이, 아주 깨끗이 부서질 일이다
그렇게 오늘 하루는
푹 삭아서 마침내 따뜻해진 아픔으로
지난 겨우내 바싹 말라버린 가슴
촉촉하게 적시고
더 많이 꿈꾸며 더 오래 그리워할 일이다
그때의 꽃반지 새끼손가락에 끼고서

볕 바른 가을날에는

한순간
세상이 정지한 것처럼 고요하고
햇살은 무섭게 쏟아져 내리는데,
문득, 문득 지고 있는 나뭇잎들
그 순한 몸짓을 좇다가
어느새 나도 환히 물든 나뭇잎이고 싶다
여태 버리지 못한 미련 같은 것들
마음에 덕지덕지 낀 때 같은 것들
말갛게 씻어 헹구고서
숨길 것 하나 없는 알몸 그대로
풍덩, 하늘 한가운데로 뛰어들고 싶다
단지 햇살 몇 가닥만 두르고서
하얀 구름이 깨끗한 침상으로 올라가
나부죽 엎드려 가르랑가르랑 코를 골다가
꿈속의 꿈도 꾸다가
그리움으로 촉촉한 세상의 들꽃처럼
맑고 뜨거운 향기로 남고 싶다
아주 오래도록 목마르고 싶다

이 순결한 가을의 끝에서

이제 미련의 모든 사슬은 끊고
오롯이 헤어져야 할 때가 되었습니다
헤어져서 더 깊이 사색하며
고요의 지혜를 길어 올릴 때가 되었습니다
저기, 저길 보십시오
옹기종기 서 있는 고만고만한 나무들
잎새마다 들끓던 욕망은
어느새 환한 그리움으로 물들었고,
여기저기 이름 모를 풀들도
저마다 비만했던 체중을 비우고
휴면의 긴 시간 속에 들었습니다
시들어 마르는 모든 것들이 향기롭고,
추락하는 모든 것들이 아름답습니다
이제 세상은 다시 한번 알몸이 되어
더 부신 빛으로 떠오르는 것입니다
이 순결한 가을의 끝에서

입동 근처

하루하루가 다르게
짧아지고 있는 햇살을 받으며
스산한 마음들이 발을 동동 구르고 있다

거리의 적막한 가로수 밑둥을 싸매기도 하고
창문의 깨진 유리를 갈아 끼우기도 하고
다 늦게 어두운 축사의 불을 밝히기도 하지만
여전히 기억 속 어딘가에서는
허술한 수도꼭지가 무섭게 얼어 터지고
제 몸의 무게를 견디지 못하여 내려앉고 있는
비닐하우스의 침통한 사태에 가위눌리는 것이다
어쩌면 어느 한순간이라도
세상이 명료하고, 온전했던 때가 있었을까?

떨어져 뒹구는 낙엽 바라보며
한동안 서러움도 슬픔도 다 그렇거니
품고 있어야 할 것이다

11월과 12월 사이

먼 산 숲에 은성하던 나뭇잎들이
찰랑이는 햇살에 바람결에 시나브로 물들다가
어느 하루 우수수 지게 되면
그때 하늘은 더 투명하고, 더 깊어지는 것처럼
이제는 우리도 마음 정갈하게 비울 때입니다
끈적거리는 욕망 같은 거
무슨 흔적 같은 거 하나 남기지 말고
거기 미련 두지도 말고
소중한 것들은 모두 꼭꼭 접어서
기억의 갈피 깊숙이 끼워 둘 때입니다
그리하여 지울 수 없는 그리움이
오랜 시간 삭고 삭아서 마침내 첫눈으로 내릴 때
비로소 우리는 눈처럼 순결한 영혼이 되어
가슴에 꼬옥 품고 있던 사연들 하나씩 풀어가며
오래오래 꿈꿀 일입니다
정처 없이 떠돌 일입니다

제 **3** 부

옹이 또는 상처

딱딱해지는 살

이제까지는 뭣도 모르면서
부드러운 걸 단지 약해 빠진 거라고 알았다
자라며 점점점 딱딱해지는 나무껍질처럼
얼마쯤은 뻣뻣해야 강한 건 줄 알았다
심줄처럼 질기게 버텨야 되는 줄 알았다
그러다가 어인 까닭인지도 모르고
깜빡 쓰러지면서 크게 목뼈를 다쳤다
그때 눌린 신경이
온몸의 살을 돌덩이처럼 굳게 해서
한동안 옴싹달싹 할 수 없었다
그제야 겨우 짚이는 게 있었다
세상도 딱딱해지는 살이 아니라
부드러움으로 가득 차서
부드러움이 부드러움을 넘게 되었을 때
비로소 바다처럼 거대하게 일어서는 건 아닐까?
일찍이 노자가 훌륭한 덕은 물과 같다고 했던
그 말의 뜻을 겨우겨우 새겨들을 수 있었다

세상 참 난감하다

아침부터 텔레비전 소음 속으로 빠진다
삐꺽거리는 모습이 시끄럽고 까칠하다
한땐 흉한 세상을
눈 감으면 코 베어가는 세상이라고들 그랬는데
이젠 멀쩡한 두 눈 팍팍 찌르고
허벅지 살도 냉큼 베어가는 세태가 되었다
아무리 그렇다고는 해도
알만한 이들이 그저 살겠다고, 살아남겠다고
당하면 안 되지, 절대로 안 되지를 되뇌면서
꼭 박쥐처럼 거꾸로 매달리는 모습을
속절없이 바라보고 있어야 한다는 것은
좀 그렇다
뒷맛이 무슨 비린내 같아 영 개운찮다
어차피 세월이라는 한배를 타고 가는 거라면
희디흰 종이가 시간에 조금씩 바래듯
누구나 알게 모르게 흐려져 잊히기도 하고
더러는 다시 떠오르기도 하고 그런 거라며
날 선 생각 하나를 바꾸면 어떨까 싶은데

또 괜한 욕심 조금만 내려놓아도
마음의 눈은 착해져서
보이는 것이 그대로 다가 아니란 것을
얼마쯤 헤아리게 되지 않을까 싶은데
세상이 딱히 그렇지 않은 모양이다
하루하루 빡빡해지기나 하는 걸 보면
어쩐지 쓸쓸하고 깔깔하다
다시 보고 다시 생각해도
세상은 사는 게 참 난감하고 난감하다

진달래 철쭉은 피고 지는데

어째 그러는지 모르겠다
누군 꽃이 먼저고, 잎은 나중이란다
누군 꽃과 잎은 응당 함께인데
말이 될 법이나 한 일이냐고 펄쩍 뛴다
어떤가 싶어 따라가 보지만
이번에는 꽃이 분홍이냐, 연분홍이냐
잎이 길쭉하냐, 조금 둥구냐를 앞에 놓고
서로 그게 아니면 안 된단다
절대로 안 된단다
세상에 절대라는 게, 그 비슷한 게
어디 있기는 있는지 잘 모르겠으나
서로 얼키설키한 내막까지야
그저 모르는 채 지나친다 하더라도
그 얇고 뻔한 속내마저 감내하라면
이번에는 내가
정말 펄쩍 뛰다 까무러칠 일이다
저기, 저길 봐라
이 봄에도 진달래 철쭉은

세상일 고만고만하기가 다 거기서 거기라며
서로 앞서거니 뒤서거니 피었다 지는데
이 산, 저 산 가리지 않고 자릴 지키는데
왜들 그러는지 모르겠다

이른 봄 꽃다지가

누가 지나치다 힐끗 보고는
같잖은 두해살이 풀이로군 하는 일이 있더라도
내겐 질긴 뿌리에, 곧은 줄기하며 거기 붙인 잎과
노랗게 피운 꽃까지 있어야 할 건 다 있으니
꼭 나를 보기로 한다면
그저 있는 대로 보기나 할 일이지
다른 말은 말란다
그러니까 곧 삭아 스러질 네까짓 게
더는 뭘 어쩌겠다고 뻗대느냐며
시비 걸 생각 조금도 말고,
해가 바뀌어 다시 봄이 오면
그때는 또 어쩔 거냐고
괜한 걱정 만들어서 하지도 말란다
대대로 예비한 씨가 있으니
그때도 여전하고 반듯할 거란다
이른 봄 꽃다지가 시방 찬 바람맞으면서도
야무지게 할 말 다 하고 있다
양지쪽 밭두렁에 쪼그리고 앉아서

망각의 무덤

때가 되면
거구의 코끼리도 마지막 쉴 곳을 찾아가
착하게 몸을 눕힌다고 하던데
그곳이 코끼리 무덤이라고 하던데
여기 견주어 말하긴 뭣하지만
생애의 모든 기억이 잦아든 곳
어쩌면 망각의 늪
거기 가뭇 잠들어 있는 나를
이제는 가만 내버려 두세요
괜히 바닥까지 훑어가며 흔들어대지 말고
다시 긁어서 상처 같은 거 만들지 말고
어눌했던 사랑의 아픔이라면 찔레꽃 맑은 향기로
뜨겁고 뜨거웠던 갈증이라면 오오랜 그리움으로
모두 삭히고, 또 폭 삭혀서
가슴에, 가슴 깊은 곳에 영원으로 품으세요
그래도 세상은 아름답고 살만했다고
때가 되면 확연히 말할 수 있게

상사화

아주 잊으려고, 까맣게 잊어서
아주 하얗게 바래려고
어느 날 나는
온몸의 잎새를 탈탈 털어냈습니다
미련의 찌꺼기 하나 없이 닦아냈습니다
그렇게 접고 조용히 들어앉으면
자궁 속 같은 세상 다시 열리고,
말라 비틀어진 그리움 같은 거
까짓 외로움쯤 뭣도 아닌 줄 알았습니다
그간에 얽히고설킨 매듭도
모두 다 제풀에 풀릴 줄 알았습니다
그런데, 그런데 말입니다
생각도 않은 갈증으로 목이 타더니
스멀거리는 근지러움으로 몸이 떨리더니
목이 긴 꽃대를 밀어 올리는 게 아닙니까?
누가 보기라도 하면 어쩌나, 어쩌나
마음 조릴 새도 없이
나는 그새 또 누굴 기다리는 게 아닙니까?

이 미친 화냥끼 때문에
그냥 천둥벌거숭이로 퍼질러 앉아 한참을
펑펑 울어버렸습니다
이 모질고 모진 사연을
세상은 알기나 하는지 모르겠습니다

하루하루의 냄새

내가 하루만 머릴 감지 않아도
집사람은 냄새난다고 야단이다
정작 나는 아무렇지 않은데
하루쯤이야 그냥 지내도 괜찮은데
조금도 괜찮아하지 않는다
결코 그냥 지나치려 들지 않는다
그럴 때마다 나는
귀찮지만 머릴 감아야 하느냐
아니면 얼마쯤 성화받이가 되어
시달려야 하느냐 하는
선택의 기로에 서서 툴툴대지만
뜻대로 되는 일은 거의 없다
이건 근본적으로 냄새의 문제가 아니다
괜찮은 데와 괜찮지 않은 데의 문제도 아니다
딱히 무어라 꼬집어 말할 수 없는
오랜 세월의 비린내 같은 건 아닐까?
혼자 생각에 잠겨본다
봐라, 봐라, 저기 저

나이 들면서 하나 달라진 게 없는
냄새와 코의 민감함 따위들이
이다와 아니다의 거센 물결들이
오늘도 거리마다, 골목마다 어제처럼
여전히 나뉘어서 넘실거리고 있지 않은가
이건 반란도 아니다
그저 작은 일상이다

아픈 무지여, 무지여

옛말에
'여러 입은 쇠도 녹인다 하니
어찌 여러 입을 두려워 아니하랴!'
입 안의 침이 다 마르도록
그리 이르고, 또 일렀거늘
마른 흙을 씹어 삼키며 가야 하는
수난의 마지막 세월이라면
혹 모를까
이리 밝은 세상의 훤한 길
괜히 가로막고서
손바닥으로 하늘을 가리고 있는
저 깜깜한 무지여, 무지여,
미쳐서 어디 꽂히면
무엇 하나 보이는 게 없는지
혼자 투명한 유리벽에 갇혀서
세상 들끓는 온갖 소리에
한쪽으로는 얇은 귀가
다른 한쪽으로는 정말 가렵지도 않았나

이 끔찍한 무지여, 무지여,

아, 진작에

지난 세월의 눈물이라도 한 자락

꼭꼭 부여잡고

아침이면 아침마다

거울 속 이쁜 얼굴 바라듯

그리 삼가고, 삼갔더라면

*' '안은 삼국유사의 수로부인조에서

괜한 탓을 하고 있다

부시게 쏟아지는 햇살을 따라 무심히 걷다가
갑자기 지하도로 내려서는 바람에
침침한 세상을 만났다
모두 여기저기서 바쁘게 들썩이는데
나만 혼자서 사방 벽에 갇힌 것처럼
어찌할 줄 모르고 더듬거렸다
이 불편함은 분명 어둠 탓이다
그렇다면 이 어두운 지하에서
다시 환한 지상으로 튕겨져 나간다면
이번엔 어찌 될까?
아마 세상 온통 하얗게 보여서
또 한참은 불편할 것이다
이번에는 세상이 너무 환한 탓이다
결국 밝고 어둠의 문제가 아니라
어디 처해 있느냐가 문제인데
나는 뭔가 조금 불편하기만 하면
괜한 탓에 탓을 하고 있다

옹이 또는 상처

숲에 오래된 나무가 많기는 하지만
정작 어느 가지 하나가 시름시름 마르다 삭아서
마침내 '툭' 하고 떨어져 나가도
아무도 관심이 없다
그러니 삭정이가 떨어져 나간 자리
그 안쪽으로 썩지 않는 옹이가 단단히 박혀
쭉 자라고 있다는 엄연한 사실을
누가 알 리 없고, 또 알려고 들지도 않는다
마치 사람들이 이 험한 세상에서
시고, 떫고 속 뒤집어지는 일로 상처받을 때마다
그 상처 더 이상 덧나지 않도록
소금을 덩어리로 깊숙이 쑤셔 넣기는 하지만
팔뚝질이라도 해 대며 눈물을 닦아내기는 하지만
그때마다 가슴에 옹이 같은 것이 박혀서
진주처럼 자라고 있으리라는 것은
끝끝내 모르고 사는 것처럼

거울 앞에서

거기, 나를 바라보고 있는 나여,
참고, 또 참았다고 이제 더는 안 되겠다고
시퍼렇게 날이나 세우고 있다니
여전히 천방지축이구나
어딘가 은밀하게 웅크리고 있을
그러나 끊임없이 들끓고 있을
그게 무언지 적확히 모르면서도
거기 목을 매다니
참으로 미혹하고, 미혹하구나
작게라도 날을 세우다 보면
그 끝판이 얼마나 부질없는 일이고,
어디 목을 매고 끌려다니는 것은
또 얼마나 황당한 노릇인지
그만큼 겪어보고도, 당해보고도
여태 세상 물정 하나 모르다니
언제쯤 철들어 다 늦은 후회 따위 않게 될까?
바람 험한 날에도 굳건할까?
거기, 미혹하고 천방지축인 나여, 나여

선언

망가졌다는 건
어느 한 곳이라도
마땅히 감내해야 할 제 구실을
감당하지 못한다는 것입니다
아주 사소한 일이라도 그러한데
이미 어떤 편견에 빠져 있다면
이 즉시
마음에 고마움을 잊지 않겠다는
굳은 선언이라도 품어야 합니다
그래야 영 망가져서
더는 누굴 아프게 안 할 테니까요

어느 연대기

그때 사람들은
어쩐 일인지 일마다 다 헤집고 까발려서
더는 드러날 게 없이 만들어 놓고도
정작은 그게 뭔지를 잘 모르고 있었다
처음부터 그 안에 갇혀 살아서
다른 세상이 있을 거라는 생각을 못 하고 있었다
거대한 권력에 치여서 끊임없이 혐오하면서도
한편으로는 그보다 더한 무엇을 갈망하고 있었다
그러니까 누가 또 어떤 빌미로
또 다른 절대의 벽을 쌓고 있는 건 아닌지
의심하거나 경계하기보다는 그 안에서
온전한 하루를 받아 온전히 쓸 수 있기를 바랬다
어떻게 사람이 사람이고,
어떻게 세상이 세상으로 굴러가야 하는지는
저 높은 하늘의 일이었고,
단지 겸허로 온전한 것에 대한 그리움만
지순하게 아주 단단하게 품고 있었다.
서로 다른 생각을 하는 것이 금기였고,

모두의 하나가 하나의 모두로

아무 허물없기를 바라고 또 바라고 있었다

다 늦게까지도

세상에 서로 다른 많은 생각이 있고

그 생각들이 존중되어야 한다는 걸 모르고 있었다

오직 하늘을 바라보며

길은 외길뿐이라는 거룩한 신뢰를

결코 놓을 수가 없었다

그때 사람들은

어느 신호위반에 관한 보고

차고 맑은 물에 사는 꺽지는
큰 바위 밑에 숨어 지키고 있다가
잔챙이가 그 앞에서 흠칫하는 순간
바로 그 순간을 놓치지 않고
잽싸게 물어채야
그게 꺽지다
이에 견주기는 뭣하지만
거리 질서나 안전을 지키는 교통경찰관은
모든 이가 보다 안전하고 원활한 통행을 하도록
안내하고 지켜 주고 있다가
누가 위반행위를 하게 되면
그때 단호하게 딱지를 떼어야
그게 도리다
그런데 교통경찰관이 꺽지가 아닌 바에야
이른바 목 좋은 자리를 찾아야 하고,
꼭 거기 숨어서 지켜야 하는지는
그게 좀 그렇다
신호가 바뀌는 애매한 순간이라도

멈추지 않고 그냥 지나쳤다면
결과적으로는 신호위반이니까
교통경찰관은
먼저 위반 차량을 길가로 안전하게 세우도록 하고,
정중하게 거수경례를 붙인 뒤
도로교통법 제5조 신호위반 하셨습니다
운전면허증 건네주시죠.
동법 제 163조의 범칙금 납부를 통보합니다
여기 서명하시죠,
그럼 안전운전 하십시오, 하고
절차에 따라 신속하게 처리하는 게 마땅하다
그런데 이게 또 좀 그렇다
응당 위반 운전자는
부주의 했구나, 부끄럽구나 하고 반성해야 할 텐데
전혀 그렇지가 못하다
오늘 하루 버둥거린 일당 다 날렸구나
정말 재수 없이 걸렸구나, 가 아니면

모자란 재정을 범칙금으로 메우려는 정부 처사에
쓴소릴 하던 언론 보도를 생각 없이 지나친 벌이로구나
자책하며 쓰린 속 더 쓰리게 되고
괜한 불신에, 혐오까지 하게 만든다
그러나 어쩌랴
곧은 낚시 드리우고 세월을 낚던
강태공이 아닌 바에야
한 번 걸린 물고기 놓아주는 낚시꾼을
낚시꾼이라 하기도 뭣하니

제 **4** 부

스케치

바람 센 날의 인상

— 스케치 · 1

바람이 센 날은
홀로
중세기의 고딕처럼 아뜩하니 외롭고,
뜨거운 갈증도 완고하게 굳어서
화석이 다 된 것처럼 딱딱하고,
목청껏 소리치고 싶은
그런 욕구 하나
마음대로 어쩌지 못하고,
그냥
그 자리에 못 박혀 있는데
오늘은
내가 모르고 있는 세상
저쪽에서 부는 바람이
한참 스산하고 더 많이
낯설다

틈새
— 스케치 · 2

또 눈이 내리다가
갑자기 그친 뒤
소리 없이 밀려드는
어스름처럼
애매한 적막의 한 올
한 올을 꿰매듯
가지마다 아주 작은 등을
하나씩, 하나씩 달고 있는
겨울나무들
외로운 시간 사이로
아주 잠깐
환한 음악으로 깔리다가
물빛 그리움으로 번지다가
흐리게 지워지고 있는
무슨 암호 같은
흐느낌 같은

눈보라
— 스케치 · 3

어느 한순간
세상 끝까지 덮어가며
무섭게 쏟아지는 눈보라는
어디서
세찬 물길 거슬러 오르고 있을
하얀 은어 떼들
또는
마지막 절정으로 치닫는
루치아노 파바로티의 음악처럼
숨 막히게 희고
아뜩하다
꼭 세상 모든 물상이
한꺼번에 나뒹구는 것처럼

물비누
─스케치 · 4

반투명 플라스틱병 속에서
정제한 물에 취해
깊이 잠든 라벤더꽃
자줏빛 향기가
아련한 꿈을 꾸다가
한순간 물보라를 타면서
더 환한 세상
풋풋한 사랑을 만나기 위하여
온몸 풀어 던지기도 하고,
잘 풀리지 않는 시간에는
누구나 일탈과 변절을 획책하듯
작은 틈새를 비비고 들어가
미끈거리는 욕망이 되기도 하고,
그렇게 오늘도
물비누는 하얗게 이는 거품으로
거뭇하게 풀린 때의 얼룩과 함께
몽글거리고 있다

부스스한 아침
― 스케치 · 5

주방 한구석 식탁 위에는
엊저녁 마시다 남은 우유가 반병쯤
그냥 저냥 희멀겋고,
며칠째 구멍 숭숭 난 빵이 몇 조각
딱딱하게 굳어있는데
이를 물끄러미 지키고 있는 시간이
속이 좋지 않은지 가끔 선하품을 한다
낡은 식탁보는 보이지 않는다
다만 오랜 습관처럼
때마다 무얼 꾸역꾸역 씹어 삼키고
또 깨끗이 비워야 하는
고단한 형벌 같은 게
떡하니 앞을 가로 막고 섰는데
오늘따라 세상은 더 자옥하고
더 깔깔하고 많이 부스스하다

한 여름바다
―스케치 · 6

아무리 옆에서 지키고 있어도
바다는
하염없이 쏟아지는 따가운 햇살
모두 받아 안고
길게 늘어진 권태를
하얀 거품처럼 게우며
한 번 누운 자리 그대로
끝까지 갈 모양이다

세상이 보이지 않게 흔들릴 때마다
조금씩 조금씩 헐거워진 영혼의 나사를
누가 다시 조이려고 하는지
먼 하늘에서
마른번개와 우레가 구르는데
그 빛과 소리가
데크레셴도로 다 지워질 때까지도
바다는 그대로 움쩍 않는다

맨발로
― 스케치 · 7

그러니까
동동거리는 시간 쪼개가며
여태 모르고 사는 세상
조그맣게 찾아 나설 마음이라면
조금이라도 틈을 낼 요량이라면
이 작은 별에서
팔달령 만리장성은 그리 멀지 않고
그리 낯설 것도 없으니
아침에 피었다 저녁에 지는
나팔꽃처럼
지나가는 바람에 몸을 맡기는
민들레 씨처럼
작고 이쁜 맨발로
그냥저냥 어디고 헤맬 일이다
흔적 같은 거 남기지 말고
소리, 소문 없이 떠돌 일이다

만주 인상
—스케치·8

만주는
자세히 보려고 하면 할수록
황사가 잔뜩 낀 날의 흐린 시야 같다
어느 왕조의 낡은 옷을 대충 차려입고
하염없이 기다리는 사람들이
서로 다른 시대의 서로 다른 풍광처럼
어설퍼 보이는가 하면
가까이서 짚이는 흙 속의 살 깊은 촉감으로
친근하게 다가오기도 한다
끝없이 너르고 밍밍한 벌판에서는
자그마한 돌산도 금방 눈에 띄는 것처럼
가파른 세월을 타고 있는 일상이
또 무슨 탈이나 나지 않을까?
종일토록 좀이 쑤시는데
만주는
정작 무섭게 쏟아지는 눈보라에 갇혔을 때
단지 알몸으로 더 아득하고 뜨겁고
더 그리운 그 무엇이 된다

철원 두루미
— 스케치·9

길게 누운 벌판에 가늘게 길이 나고
몽탁한 산은
한쪽으로 엉거주춤 비켜 앉았는데
두루미는
여기 두루미라는 이름으로
또 한세월을 갇히는구나
언뜻 보아도 깊이 잠든 것 같은
먼 세월 속 풍경을
두루미는 그 긴 다리로
한 발, 한 발 조심스레 내딛다가
무심한 고요로 빠지는구나
하나의 하늘 한쪽으로 비켜서서
그렇게 또 한세월 갇히는구나

새벽 소묘집

1. 안개

숙취에서 헤어나지 못하는
지난밤
후회와 미련 같은 것들이
꼭 무슨 주술에 걸린 것처럼
서로 서로 은밀하게 손을 잡고,
끝내 감감하다
그 통에 세상은
한동안 더 눅눅하고
한동안 더 몽롱하다

2. 가로수

외줄로 길게 늘어서서
금방 어디로 떠나려는 것도 아니고
무슨 차례를 기다리는 것도 아니고

그저 무미한 시간의 기억을
하나씩 하나씩 지우며 있는 것은
고단한 삶의 위안일까?
아니면 또 다른 아픔일까?
묵상에 든 가로수가
반쯤 허공에 떠 있다

3. 외등

인적이 드문 곳에
외등이 혼자 서서 껌뻑인다
밤새 어둠을 걷어내느라
한잠 못 잤을 테니
졸려서 그런걸
누가 뭐라 하겠나
누가 관심이나 두겠나
먼동이 텄다고

벌써 까맣게 잊었을 테니

4. 마네킹

아직 문 열지 않은
골목 양장점 마네킹이
딱딱한 유리벽에 갇혀서
시방
옷을 벗을까? 말까?
고민, 고민 중이다
혹 누가 와서
들여다보기라도 하면
그때 더 이뻐야 하니까

패러디한 몇 개의 사물들

1. 꿈

꿈은 언제나 꿈으로 꿈입니다
희끗거리는 하늘의 눈발 같은
외로운 들판의 말뚝 같은
늘 까치발로 동동거리고 있는
꿈은 꿈으로 꿈일 뿐
손에 꼭 움켜쥔 것들은
이미 꿈이 아닙니다
지난 시간이거나
다 삭은 거품이거나
그런 겁니다

2. 바람

바람은 바람으로 바람입니다
제풀에 흔들리는 게 풀잎이고
이리저리 날리는 게 휴지조각이고

괜히 덜컹거리는 게 창문입니다
바람은 단지 지나갈 뿐입니다
그렇지 않다면
그건 바람도 뭣도 아닙니다
어디 고여 있는 물이거나
아주 낮게 깔린 고요거나
그럴 겁니다

3. 공

공은 공으로 공입니다
탱탱하니 누군가의 발에 차일 때도
찌그러져 어딘가에 처박혀 있을 때도
다 해어져 쓰레기로 버려졌을 때마저
공은 그저 공입니다
때마다 나름 생각할 수 있다면
그건 공이 아닙니다

몸이 아프거나
마음 서럽거나 한
그 무엇일 겁니다

4. 꽃

꽃은 꽃으로 잠깐입니다
깊고 가파른 산에서건
허허한 벌판 어디서건
누군가의 작은 화분에서조차
모든 꽃은 꽃으로 아주 잠깐입니다
언제까지나 요요하다면
그건 꽃도 아닙니다
괜한 때를 타고 있는 욕망이거나
어디 내다 버릴 데 없는 미련이거나
아마 그렇겠지요

제 5 부

스무숲에 살다

강원도는

하늘이
처음 열리던 날
가장 먼저 빛이 닿은 땅
강원도는
깊은 골 살진 둔덕마다
굽이굽이 흐르는 물길 따라
넘실거리는 푸른 바다까지
생명의 싹을 틔웠으니
아름답게 꽃 피웠으니
꽃마다 맺은 열매
그 영혼이 빛이라
그 빛이 곧 하늘이라
강원도는

혹, 나를 아시나요

사방 산으로 갇혀 살아요, 나는
쬐끔 평평한 들판이 있기는 해요
아주 오래오래
내 안에서 흐르던 물길은
어느 날 막아 놓은 둑에 갇혔어요
그러니 어쩌겠어요
함께 갇혀서 함께 살 밖에요
누구는 나를
그럭저럭 숨 쉴만한 곳이라 하고
물 좋은 호반이라고도 하는데요
나는 그게 좀 그래요
그럭저럭은 누구 기준이고
억지로 막아 놓고서는
아무렇지도 않게 너른 호수라며
그냥 지나치는 게 영 찜찜해요
하지만 사람들은 좋아요
한참 밍밍하고 맑아서
참, 좋아요

마법의 성

나는 고백하건데
마법의 성을 보지도, 듣지도 못한 채
정현우의 그림엽서로 처음 만났습니다
침침한 눈 비벼가며 어렵게 더듬었습니다
그러면서 이 세상에는
아픔도 아름다운 꿈으로 품고 있는 영혼들이
아주 많다는 걸 알게 되었습니다
쓸쓸하고 외롭게 상처받은 사람들도
저마다 구원의 길이 있다는 걸 믿게 되었습니다
지금도 마법의 성은
온전히 안개 속으로 내려앉은 춘천
어느 섬 기슭에 정박해 있습니다
그러니 안개가 자욱한 날은
꼭 와서 확인해 보는 것은 어떨까요?
만약 당신의 영혼이 순결하다면
낮은 소리로 떠오르는 내면의 당신 모습을
그것도 아주 가까이서
찬찬히 들여다볼 수 있을 테니까요

스무숲에 살다

나는 여태
스무숲에 살며, 스무나무를 모른다
모르니까 바로 눈앞에 두고도
모르는 게 당연하다 싶지만
그건 아닌 것 같다
누구나 처음부터 아는 건 아니지만
어른들이 일러주시던 말씀 한마디, 한마디
그저 건성으로 흘려버린 가벼움의
내 죄가 크다
게다가 모르는 것을 모르면서
세상 다 아는 것처럼 간과하고 있는
천박한 무지도 문제다
그래서 다 늦게라도
표준 국어사전을 훑어가며 찾아봤다
거기 스무나무는 없고 시무나무가 있는데
시무나무가 옛 스믜나무란다
그 시무나무를 따라
느릅나무, 느티나무, 팽나무, 비슬나무를 더듬는데

겨우겨우 짚이는 게 있다
잎이며, 꽃이며, 열매 모양이, 크기가
시원한 그늘을 드리우고 높다랗게 서 있는 모습이
조금씩 그려지는 것이다
그런데 이번엔
시무나무가 알아봐줘서 반갑다는 게 아니라
여태 나를 모르고 있었다는 게 말이나 되느냐며
한참 어이 없단 표정으로 날 바라보는 게 아닌가

한바탕 울만 한 자리*

사노라면 때때로
뜨거운 게 확 치밀어 오르기도 하고
무슨 뜻인지 생각할 겨를도 없이
어디다 소리부터 질러대기도 하고
다 그렇지요
그럴 때면 춘천으로 오세요
와서 고산을 찾으세요
선연하게 물드는 노을이면 노을이
하늘과 땅 하나로 품어 안고 있는 물빛이면 물빛이
다 거기 있으니까요
가슴 먹먹한 서러움이나 마음 쓸쓸한 얼룩들
그 어떤 무엇이나
말끔히 빨아서 환하게 헹구고 싶다면
결코 망설이지 말고 오세요
무슨 작정 같은 거 않고도
누구 눈치 보지 않고도
그야말로 한바탕 울만 한 자리는
춘천에서도 고산이니까요

* 연암의 『열하일기』에서

꼭 가을이 아니더라도

꼭 가을이 아니더라도
춘천에서는
파란 하늘에 말갛게 떠 있는
물빛 그리움이 보입니다
아주 오래 객지를 떠돌다가
어느 풀잎에 이슬로나 맺혀 있을
촉촉한 외로움이
한 겨울이면
희디흰 눈발로 흩날리는 게
꼭 지는 꽃잎처럼 보입니다
그리고 바람은 왜
아무 죄없는 나뭇가질 흔들어 대는지
또 사람들은 왜
아침마다 피어오르는 안갤 바라보며
그토록 막막해 하는지
세상이 가리고 싶은 모든 속내까지
춘천에서는
어느 때고 아주 훤하게 보입니다

강촌은

봄이면 봄마다
수줍은 꽃으로 속앓이를 하다가
추적추적 비 뿌리는 여름이면
강촌은
그 눅눅한 빗소리 하나마다
그리움의 등을 달다가
어느 하루 아침
뜨겁게 타는 갈증으로 온몸에
확 불을 당긴다
그리하여
세상의 외로움이란 외로움
모두 받아 안는 바다가 된다
희디흰 눈이
그 외로움 모두 덮을 때까지
소리 없는 소리로 일렁이는
영원이 된다

실레마을 · 2

혼자서
거기 어디쯤 기웃거리는데
정작 거기 사람들은
작은 풀꽃 같아서
있는지 없는지
잘 보이질 않는다
드문드문하던 옛집들도
무너지는 햇살에
하나 둘 묻히고,
앞산 뒷산 뻐꾸기도
가는 세월에 가리어
희미하다
어쩌다 유정의 산골은
질이 들어 반질반질한
길만 남았는데
이제는
나도 구식이 다 되었는지
자꾸 뒤돌아보고 있다

삼악산

난리 통에
시꺼멓게 다 타버린
세상 곤한 때에도
거기 폭포는 하얗게 뿜어 오르고
험하디험한 바위벽에
이런저런 나무도 풀도
저마다 뿌릴 붙이고, 또 뻗었으니
거리는 불안하고
하루하루 사람들은 배가 고팠으나
거기 공기는 시원하고, 한참 달고
그래서 눈물처럼 그리운 누구는
거기에 서서
하늘로 오르는 길이 보여
오롯이 다 보여, 하며 울먹였는데
먹먹한 날은
나도 거길 바라보며 서성인다
언젠간 그 문 활짝 열고
환하게 환하게 오를 수 있을지

남이섬에서 하루쯤은

남이섬에서 하루쯤은
잿빛 안개에 갇혀
아뜩히 헤매어도 좋겠다
희디흰 눈이
이 세상 다 덮을 때까지
꿈을 꾸어도 좋겠다
남이섬에서 하루쯤은
모든 일 싹 다 잊고,
꿈 꾸는 하나를 위하여
살 떨려도 좋겠다
사무치게 만나고 싶은
그 하나를 잘근잘근 씹어서
꾸역꾸역 삼켜도 좋겠다
남이섬에서 하루쯤은

다목리

오늘도
바람은 불다가, 불다가 제풀에 지고
지쳐 잠든 너의 꿈은
조금씩 조금씩 바래고 있다
슬픈 천사처럼
모로 누우면 그쪽 옆구리가 쑤신다
창백한 얼굴을 하고
하염없이 내리는 빗소리에 갇혀
곤한 세상 엿보고 있지만
곤한 세상은 곤한 대로
또 더디게 굴러가는 시간에 갇혀
야금야금 젖고 있다
젖어서 아뜩히 추운
물안개 속으로 빠지고 있다
오늘도
바람은 불다가, 불다가 제풀에 지고
지쳐 잠든 너의 꿈은
자꾸 목이 마르다

덕포리

거기, 거기가
동강 어디쯤이던가
서강 어디쯤이던가
아니, 아니지
어느 다리 밑이 아니었던가
물풀 미끌거리는
어느 여울목이 아니었던가
가물가물거리는 기억이
참혹했던 긴 여름날 허기로
자꾸 물을 켠다
지금도
덕포리 어디쯤에서는
누군가의 한 세월이
눈물로 맺히거나 보석으로 박혀서
기억의 물비늘로 반짝이고 있겠지
반짝이고 있겠지

양구 방산은요

양구 방산은요
아주 오래도록 수입천 물길이
생명의 근원이었는데요
위로는 송현, 장평의 실개천부터
현리와 칠전마을 개울을 양옆에 끼고요
금악을 거쳐 오미로 내려오기까지
무지 질기기도 질겨서요
조금만 더, 조금만 더 하는 간절함으로
저 멀리 상무룡의 냇바닥까지
내리훑으며 살았는데요
산다는 게 말로야 쉽지만요
징하게 징그럽기도 징그러웠을 테고요
깊은 골의 물이
낮은 곳으로, 더 낮은 곳으로 흘러가서는
마침내 바다에 이르듯이요
물길 닿는 골마다 깊이 잠든
백토의 거친 몸을 흔들어 깨워서는
그 몸 말갛게 헹궈 주고요

또다시 뜨거운 불길에 영혼을 담아
비로소 세상에
조선백자의 시원始原을 이뤘으니
양구 방산은요
곰곰 생각할수록 하늘이 내린 곳이고요
진작에 여기 사람들은요
맨물에서 놀아도 뽀얀 백토처럼
탱글탱글 윤기가 도는 게
꼭 밤하늘의 총총한 별 같고요
그 마음 포근하게 내리는 첫눈 같고요
양구하고도 방산은요
딱 그래요

7번 국도가 말을 걸다

저기 임원은 임원이고, 망상은 망상이다
그런데 정동진쯤에서 놀고 있노라면
왜 정서진은 없는 거냐며
꼭 나서서 시빌 거는 축이 있다
살아보니 그게 다 거기서 거기던데
생각이 조금씩 다른 쪽에 있어 그렇겠다
이참에 미로 같이 얽힌 일들
미로리 어디쯤 모두 확 펼쳐 놓고
함께 할 것만 함께 가려내면 어떨까?
그래, 그래 주문진쯤에서
먼저 평화통일 한 번 확실하게 주문하고
인구쯤에서 인구로 통일하면 안 될까?
그래, 그래 아무리 그렇더라도
그것 때문에 또 아픈 이들은 생길 테니
아야, 아야 보채지 말리고
거진, 거진 다 왔으니 조금만 참으라고
함께 다독이며 함께 나서면 어떨까?
7번 국도가 자꾸 말을 걸고 있다

봄날 청산도

목선을 타고 찾아가는
먼 섬과 섬 사이

환한 햇살에
눈이 먼 녹두색
일렁이는 물빛이 외롭고
또 많이 수줍어
한참 숨이 차다

온종일
거품을 물고 들썩이는 파도가
가시지 않은 그리움을 한 움큼
하얗게 움켜쥐고
무슨 형벌을 받고 있는지

작은 나뭇잎처럼 흔들리는
아주 먼 섬과 섬 사이

가을 평사리

문득
서늘한 바람이 일면
그때 저기, 저
파란 겨울을 먼저 안고 있는
평사리
먼 산 능선을 따라
기웃거려 보지만
벌써
너는 멀리 떠나고
나만 혼자 남는다
이미
여울에 띄워 보낸
시간의 낡은 첫사랑 같은
아슬한 가을이
평사리 긴 목에
수직으로 걸려있다

뒤돌아보게 하는 탑리

탑리에는
오랜 탑이 서 있는 것처럼
응당 해 질 녘이면
집집마다 굴뚝에서는
밥 짓는 연기가 오르고
골목골목이 개구쟁이들
뛰노는 소리 우렁우렁하고
늘 그랬을 텐데
오늘 탑리에는
텅 빈 골목에
지는 햇살이 어설프고
벌거숭이로 텀벙거리던
강물 소리도 숨죽이고
낮게 엎드려 있다
무심한 세월 거스르며 서 있는
저 탑처럼

고요한 그리움, 그 강인함

─ 윤용선 시집,『딱딱해지는 살』을 말하다

박 민 수

(시인)

고요한 그리움, 그 강인함

— 윤용선 시집, 『딱딱해지는 살』을 말하다

박 민 수

(시인)

1

윤용선 시인이 다시 또 한 권의 시집을 낸다. 이제 70 중반을 넘긴 나이이다. 윤용선 시인은 언제나 지성적 향기와 고요한 감성으로 우리 눈길을 끌어왔다. 화려하지는 않으나 항상 깔끔한 입맛으로 다가오는 것이 그 시의 매력이다. 여기에 세속에 대한 욕심은 없다. 그러면서 끈질기게 집착하는 내면이 있다. 인간으로서의 진정한 인간다움이다.

윤용선 시인은 아주 특별한 인연으로 나와 애정이 깊다. 우리 둘은 초등학교 동기이고 중학교 동기이며, 고등학교 동기이고 대학의 동기이다. 그리고 같은 교육자의 길을 걸어왔으며, 둘 다 시인으로서 한 생애 오늘에 이르렀다. 더더욱 우리는 1968년 군 제대 후 대학 복학생 신분으로 『二人』이라는 이름의 등사판 동인지를 함께 내기도 하였다. 글씨는 노화남 소설가의 것이었다. 지금 돌아보면 한 편 대견하기도 하지만, 다른 한 편 부끄러움도 적지 않다. 시가 무엇인지도 모른 채 아주 용감하게 시도 아닌 시로 시인의 길을 걷기 시작하였던 것이다.

이렇게 시인의 길 위에 선 우리 두 사람은 최돈선, 임세한 등의 후배 시인들과 1970년 춘천에서 동인지 『표현』을 발간하게 되었고, 이 동인은 그 후 새로운 시인들과 합류함으로써 현재 18명의 <표현시 동인회>로 자리 잡기에 이르렀다. 그리고 마침내 그 출발 50년이 되는 2018년 올해 제25집의 새로운 동인지를 발행하게도 되었다. 돌아보니 문득 그 지나간 50년 세월이 애틋하게 그리워지기도 한다.

2

윤용선 시인의 이번 시집 『딱딱해지는 살』은 한 생애 후반에 이른 감성이 낭만적 서정의 물결을 이루면서 우리 가슴에 고요히 다가오고 있다. 윤용선 시인의 기본 바탕이 이와 같은 것이다. 그리하여 그의 시는 이러한 감성적 서정의 물결을 지성적으로 잘 제어하는 특유의 본색을 갖는다. 감성의 지성적 제어! 그리하여 그의 삶도 감성과 지성의 절묘한 조화 속에서 언제나 시인이면서 또 선비이고, 선비이면서 또 시인이다.

윤용선 시인의 이번 시집은 네 번째로 나오는 것이다. 다른 시인과 비교하면 그 시집의 수가 많은 편은 아니다. 그러나 그는 매일 시인이다. 시와 떨어져 살아본 일이 그렇게 많지 않기 때문이다. 다만 억지로 시를 쓰는 것이 아니라 삶 속에 시가 시로 살아 오르며 참을 수 없는 충동을 줄 때 비로소 시 쓰기에 들어가는 것이다. 이런 면에서 윤용선 시인은 계획적 목표를 갖고 시를 쓰는 프로가 아니다. 스스로 시의 유발을 기다리며 거기에서 비롯되는 가슴의 충만을 기뻐하는 순수의 '행복' 창조주이다. 그리하여 마침내 그는 자기 길을 찾았다. 이것을 서문은 이렇게 밝히고 있다.

"오늘이 가장 아름답다./ 그걸 모르고/ 먼 길을 돌아 돌아왔다."

바로 오늘, 그 현재로 살아 있는 바로 그 순간, 이것은 과거도 아니고 미래도 아닌 바로 지금이다. 이때 과거는 지나간 것이어서 되돌아보아야 아무 의미 없는 것이고, 미래는 아직 오지 않은 것이어서 그 실체를 알 수가 없다. 이런 면에서 우리 삶은 바로 오늘, 바로 지금만이 의미가 있는 것이다. 그래서 윤용선 시인은 또 서문에서 이렇게 말한다.

"오늘이 가장 행복했으면/ 정말 그랬으면 /더없이 기쁘겠다."

현재를 떠난 것은 실제로 아무 의미가 없는 것이다. 한때 뜻하지 않은 질병 속에서 죽음과 직면해 있던 어느 한순간의 깨달음을 담고 있지만, 윤용선 시인은 자신의 시를 통해 인생의 새로운 순수를 고백하고 있음을 눈치챌 수 있다.

이러한 맥락에서 윤용선 시인의 다음 시는 우리 가슴에 새로운 울림을 전해 주기도 한다.

깊은 산 바위틈에
작은 꽃이 피었습니다
온산이 다 살아났습니다
하늘이 다 환해졌습니다

이제 꽃은
누가 찾아와 주지 않아도

군이 뭐라고 하지 않아도
그대로 꽃입니다
생명의 빛입니다

―「꽃」 전문

  우리 인간도 바로 이 꽃처럼 스스로 존재하고, 스스로 자기 생명의 빛이다. 젊은 시절 우리 인간은 다른 사람들과의 관계에 몹시 집착하며 사는 것이 보통이다. 이러한 집착 속에서만 살다가 나이가 들면 문득 외로워지기도 한다. 그리하여 많은 사람이 나이 들면 그 깊은 외로움으로 절망하기도 한다. 이 절망은 회복할 수 없는 아픔이 되어 마침내 자살을 부추는 요인이 되기도 한다. 이런 면에서 우리 사람들이 나이가 들어 스스로 한 폭의 꽃이 되고 새로운 생명 세상에 이르는 것은 매우 초월적인 자기 극복이 아닐 수 없다. 윤용선 시인의 이번 시집은 바로 이러한 초월적 자기 극복의 삶을 잘 증명해 주고 있음이 주목된다.

3

윤용선 시인은 이번 시집의 중에 「뭉크의 마돈나 또는 마지막 사랑」이라는 작품이 있다. 이 작품 속의 뭉크(1863-1944)는 노르웨이의 화가로 「마돈나」「절규」등의 작품으로 유명한 사람이다. 여기에서 특히 윤용선 시인이 소재로 삼은 미술 작품 「마돈나」는 다음과 같다.

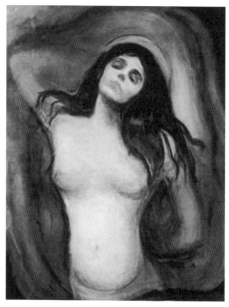

에드바르트 뭉크의 대표작 중 하나인 「마돈나」

이 그림의 주인공 마돈나는 뭉크가 사랑했으나 다른 남성에게로 떠나버린 '다그니'라는 한 여성에 대한 원망을 담아 나타낸 것으로 알려져 있다. 마돈나처럼 순수하게 생각하였으나, 결국은 요부가 되었다는 것이다. 여기에서 마돈나는 예수 그리스도를 나신 성모 마리아의 이름에서 따온 것으로, 화가는 이러한 대립적 표현을 통해 자신의 원망을 표현하고자 했던 것이다.

바로 이러한 뭉크의 그림 「마돈나」를 소재로 하여 쓴 윤용선의 시 「뭉크의 마돈나 또는 마지막 사랑」 전문은 다음과 같다.

단발의 그녀는
타우포 호수 작은 섬에 간단히 갇히고,
그때까지 홀로였다
밤마다 밤마다
무섭게 쏟아져 내리는 하늘의 별빛을
그 작은 가슴으로 모두 다 받아 안으며
여전히 홀로였다

병원 응급실 문밖에서
어느 누군가
먹다 만 소주 반병을 들고,
취한 채 서성거려 주기만 했어도
죽도록 행복했을 그녀는

끝끝내 홀로였다
세상 누구나 다 그랬던 것처럼

제목이 〈뭉크의 마돈나 또는 마지막 사랑〉인데, 실제로 이
시는 표면적으로 뭉크의 마돈나와는 아무 상관이 없는 몽상적
스토리텔링이다. 이런 면에서 살펴보면 우선 이 시에 나오는 타
우포 호수는 뉴질랜드에 있는 것이다. 그런데 뭉크는 네덜란드
출신이다. 그리하여 지역적으로도 뭉크와는 아무 관계가 없다.
그리고 이 시 작품 제목 중에 '또는 마지막 사랑'이라는 표현
이 있다.

마지막 사랑은 참으로 뼈아픈 절망과 고통의 샘터가 되는 것
이다. 뭉크의 「마돈나」는 바로 이 절망과 고통을 상징적으로
나타내고 있는 것이다. 원망의 표현을 통해 역설적으로 시인 자
신의 절망과 고통을 우회적으로 고백하고 있음이다. 이런 면에
서 이 시의 제목은 그 자체로 매우 처절한 상징적 내면을 갖고
있다.

그런데 실제로 윤용선의 시는 전체적으로 이러한 처절한 내
면으로 이루어져 있는 것이 아니다. 윤용선 시인은 아주 차분
한 어조로 조근 조근 자기 삶의 현실들을 아주 담담하게 표현
해 주고 있기 때문이다. 그렇다면 윤용선 시인은 어째서 그 시
의 제목을 매우 극단적인 절망 이미지를 담은 〈뭉크의 마돈나〉

로 정하고 있는가?

4

이러한 물음은 우리가 윤용선 시인의 시와 그 내면에 도사리고 있는 '인간으로서의 인간다움'을 다시 발견하는 계기가 되는 것이다. 우리 인간은 실제로 온갖 욕망의 충동 속에서 쾌락에 탐닉하기도 하고, 다른 사람들과의 경쟁에서 이기고자 하는 동물적 도전력을 발휘하기도 한다. 그러나 사람에 따라서는 밖을 바라보는 것이 아니라 자기 내면을 통찰하면서 자기 삶을 스스로 제어하는 데 마음을 쏟기도 한다. 실제로 우리 인류사가 인간으로서 인간다움을 계속 확대 확장시켜 가면서 마침내 문화적으로 오늘날과 같은 진보를 성취해 올 수 있었던 원동력도 여기에 있다.

이런 면에서 윤용선의 시는 바로 이러한 문화적 진보의 한 동력을 아주 차분한 어조로 나타내 주고 있다고 할 수도 있다. 윤용선의 시를 「고요한 그리움, 그 강인함」으로 평가하는 이유가 여기에 있다.

이런 면에서 다음 시는 더욱 주목되는 자기 고백이라고 할 수 있다.

외롭지 않은 무엇이 있을까요?

풀도, 나무도, 바람도 그렇습니다

그래서 나는

그냥 그대로 가는 길을 갑니다

어디서 헤맬 때라도

누가 신경을 긁더라도

기웃거리거나 흔들리지 않으려고

처음 그대로 쭉 가는 겁니다

시간이 가로수 잎을 흔들며 지나가듯

스치는 그리움 같은 거 하나

질기게 물어뜯으며 곰곰 생각해 보지만

외로움만큼 맑고 뜨거운 사랑도 없습니다

용서되지 않는 욕망이나 나른한 권태

그 부끄러움의 바닥까지 훑다 보면

아무것도 아닌 게 하나 없습니다

어쩌면 세상은

미처 겪지 못해서 모르는 것 투성이인 채로

아름답고, 또 영원한지도 모릅니다

―「외로움을 위한 변명」 전문

이 시는 제목이 「외로움을 위한 변명」이지만, 변명이 아니라
자기 삶의 철학적 고백이라고도 말할 수 있다. 실제로 우리 인

간의 삶이란 비록 더불어 사는 세상 속에서 이루어지는 것이지만 결국은 언제나 홀로인 기나긴 외로움의 오랜 여행이기 때문이다. 바로 이러한 인생길 위에 우리를 사로잡는 마음의 동반자가 있다. 이것이 바로 그리움이다. 우리는 홀로이되 언제나 외로움 속에서 누군가를 하염없이 그리워하는 마음으로 한세상을 살아가는 것이다. 그래서 외로움은 차라리 사랑이다. 윤용선은 바로 이 외로움과 사랑의 주인공이다.

이처럼 윤용선 시인은 자기 내면에 숨은 감성적 물결을 지성적으로 승화시켜 나타내는 남다름을 갖고 있다. 그 내면에 은밀히 낭만주의 시대의 정서가 담겨 있기도 하지만, 언제나 그의 시는 표면적으로 고요하고 강인하다. 그는 스스로 넘치고 싶지 않은 지적 자제력을 가진 시인으로서, 이렇게 표면적으로 고요하지만, 그 속에 강인함이 숨어 있는 것이다.

그리하여 겉으로 보이는 그 고요는 실제로 고요가 아니다. 그 고요 속에 담긴 은밀한 감성의 물결이 깊은 파도처럼 우리 가슴에 와 닿기 때문이다. 이것이 윤용선 시인의 참모습이다.

늘 건강하게 이 거친 세상 험한 파도를 굳건히 제어하는 아름다운 주인공으로 오래오래 그 이름 세상에 빛나기를 기원한다.

| 윤용선 |

1943년 강원 춘천 출생으로 1973년 강원일보 신춘문예에 시 「산란기」로 등단했다. 그 후, 1989년 《심상》 신인상 수상으로 본격적인 작품활동을 시작했으며, 시집으로 〈가을 박물관에 갇히다〉 〈꼭 한 번은 겨자씨를 만나야 할 것 같다〉 〈사람이 그리울 때가 있다〉 등이 있다. 강원 국제비엔날레 이사, 문화커뮤니티 〈금토〉 이사장을 역임했으며, 현재 표현시동인회, 심상시인회, 수향시낭송회, 춘천문인협회 회원, 강원문인협회 자문위원으로 있다.

시와소금 시인선 082

딱딱해지는 살

ⓒ윤용선, 2018. printed in Seoul, Korea

1판 1쇄 발행 2018년 8월 20일

지은이 윤용선

펴낸이 임세한

책임편집 박해림

디자인 유재미 정지은

펴낸곳 시와소금

출판등록 2014년 1월 28일 제424호

발행처 강원 춘천시 충혼길20번길 4, 1층 (우-24436)

편집실 서울시 중구 퇴계로50길 43-7 (우-04618)

팩스겸용 (033)251-1195 / 휴대폰 010-5211-1195

이메일 sisogum@hanmail.net

ISBN 979-11-86550-75-5 03810

값 10,000원

강원문화재단
Gangwon Art & Culture Foundation
• 이 시집은 2018년 강원도 강원문화재단 문예진흥기금으로 발간하였습니다.